胎動短歌

胎動短歌

Collective vol.5

目次

天門と呪文

青松輝

友だちがほとんどいないから、誰も光以外の呪文を唱えられない。
もうきみの忘れてしまった痛みから雪の匂いがして　ロマノフ家
廃校で、廃病院で、廃プールで、たった４つの光るおめめで

（はつなつのシャボンを追いかけて駆け出す子どもらへ）インセンディオ　燃えよ

これですと見せられたＱＲから読みとる海辺のサマースクール

たとえばそこにブランケットを持ってきて眠るとしたのなら、僕は誰

後回しになった主文を待っている吹雪の日の被告はあなただよ

うんざりするほど長い天門のループが終わるまで　一緒にいてみよう

ビター・バレー

伊波真人

待ち合わせスポットにさえなりそうな大きな口内炎ができてる

知恵の輪の上を歩いているようなハンズの渋谷店の階段

光ってる首輪をつけたプードルとすれ違うとき金星になる

この街はやっぱり谷だったと思うＮＨＫに向かう途中で
雪山で見かけるよりも青山で多く見かけるベンツのゲレンデ
気づかずに挟んだしおり美容院に置かれた雑誌に残った髪は
QUATTROでたしかに夜を分け合ったギターアンプのノイズのなかで
あの頃の渋谷を忘れたくなくてアニエスベーでボーダーを買う

法令遵守

宇野なずき

転売も詐欺もやるから助けてよ使い古した歯車のひび

泣きながら求められても死にそうな猫を可愛いとは思えない

転ぶのが怖い過保護のプラナリア　占いは最下位だと脅す

朝に押し出された脳の睡眠を削ってキーボードにふりかける

決められた雑談をする　法律に触れない範囲で殺してしまう

明るくて五月蝿い網を抜け出して蚊帳の外では自由に飛べる

お屋敷に火を　もう一度本来の俺に会うには必要だった

誰も傷つけずに生きるのをやめてわざとアスファルトで死ぬミミズ

さるすべりのるす

荻原裕幸

梅雨の日の留守居のわたしを侮って書棚や椅子が喋りはじめる
螢を追ふくらやみの道まちがへてあなたのなかに少し踏みこむ
このひとはいま私の何を見てるのかそこは心ぢやなく黒子だよ

鳥のことば青くひろがる瑞穂区の夏どこまでも続いてふたり

あの世まで届くのかこのゆうパック亡父に秋の練り切り送る

地下鉄には出口しかないふかしぎな妻のこころに近づけぬ秋

兎も角もかくもしづかに百日紅が留守を含んで秋めいてゐる

紅葉見にどこまで行くの不足分の切手貼るからおでこ出してね

映画館は植物園

カニエ・ナハ

銀幕の銀杏の樹から蝶々がいまいっせいにポップコーン爆ぜる

劇場の中まで雨が降っていて傘でスクリーンが半分見えない

あの映画、予告のほうがよかったね　戦争を知らないままで大人になって

誰一人死なない映画が見たかった　反戦映画も戦争映画

映画館の向かいは学校国語算数光塵塵塵光光塵　塵

ジョアン ジルベルトの映画をみた日からずっと口ずさみつづけるオバララ

わたしたち光を喰べて生きている　映画館の暗闇で産まれて

劇伴はモリコーネだった　ただ海が見たかっただけ　それだけだった

本業は生きのびること

金田冬一／おばけ

本業は生きのびることパチンコを殴るジジイも俺もお前も
強さとか変わらないけど麻雀のアプリのキャラを選び直した
都合いい美学をダウンロードして金を稼ぐぞ　何このクソゲー

違うなー違うなーって思ってる思ってるけど大人をしてる

母親は芸能人の整形と初期微動あと娘に過敏

妹が火葬されるまで妹と生きる予定の猫のタトゥーだ

ひさしぶり　酒を抱えた親友がインターフォンに午前二時半

そのままでいてねと思う見えている部分だけ見て見せてもらって

箱庭

上篠翔

箱庭Ａ　白さに呆れる朝がきてもあなたの服にポケットはない

鬱病が羨ましいという人の顔の良さって雪崩のようだ

死んだらぼくら氷柱。つららは星の音。凍えるような震える夜の

零れるような　identity　性行為を　identify　星で楕円で

詩人ゆえ許されているこなごなを光と呼ぶな　胎児解体《あいしあいたい》

紀伊国屋新宿本店の紙袋　これはリアリズム　もうよくないっすか

ひとのしぬちかくにとおくに火は描く万年筆の形をさせて

たとえ世界がひとつの大きな竈でも生きるには甕の、夢のしなやかさ

東京をんな日記

川奈まり子

あのなかに一つあれかし亡骸を抱いて噤むコインロッカー

雑踏に幾人かいたひとごろし集めてくだる鈍行が来た

家家と田畑川空飛び去った今朝も脳死で掴む吊り革

運転手乗り込んだなり歌い出すおゝブレネリあなたのおうち

風が啼くどうせ消せます潰せます顔過去名前踏み出せば即

並木燃ゆ松明のごと参道の記憶灯すかイルミネーション

畝があり地図がある腕しらじらと照らす朝陽まだ息がある

暁の霊園に蝶呼吸する墓石ごとに一羽ずついて

正しさ

狐火

多数決　背伸ばす先に上げる手のタイミングすら他人に任せ

言い訳の矛先いつも自分宛て　だからいつでも生まれる矛盾

恥を知り人の目に怯え口を閉じ耳すら隠し打ち込んだ文字

転がった雪だるま式の中傷が賞賛だったら雪解けなのに
「いいえ」とは否定ではなく自己主張　時に「はい」より大きく頷く
迷うほど選択肢増え頭抱え消去法の逆を辿る
どうせすぐ忘れてしまうそんなこといつまで考え悩んでいても
線を足す一本ずつでも線を足す　それが「正」しく成れます様に

たましいたち

木下龍也

渋滞はふいに斜めのやさしさを見せて救急車を抜けさせる

きみはぼくが死んでもぼくで自慰をするだろうか鯖をきれいに食べて

その文字の左側だけ覆われて列なのか死なのかわからない

アーケードと駅のあいだの土砂降りは傘を差さずに見上げたくなる
あそこには落とせなかった　そう言って雷様は故郷を指した
千切りをしているきみのスカートを下ろして逃げるときのスキップ
たましいはうなじにあると決めつけてシンジくんこれがたましいキスよ
ぼくはきみが死んでもきみで自慰をするだろうカレーをだめにしながら

痛みはありません

小坂井大輔

盆踊り大会でしか見かけない市会議員のように醜い

半分だけ地面に埋まる公園のタイヤの遊具を弟にする

濁点がいるけど話を遮って「ざ、ですよ。ざ」って言うほどじゃない

もう味のしないガム噛みながら見るタワマンの2階って華がある

どこから光を当てればこんな醜悪な影になるのか大卒なのに

読者を感動させたいみたいな欲望の切除では痛みはありません

炎天のもとで二時間放置した生牡蠣食べてみろお前ら

数珠風のブレスレットを数珠として友達がお通夜に持ってきていた

夢中の記憶

GOMESS

夢の中で死ぬたびに感じるのは痛みと恐怖それだけだった
明くる日も同じ気持ちでいられたら君に言おうと決めたおととい
幻かまやかしかいや妖か分かりもせずただ見惚れてた

遠目に見たら森なのに近づいて見たら木がたくさんあるだけだ
砂時計に泪を零せば時が遅くなると思ったのに
追いかけて追いかけてあともう少しというところで目覚めるいつも
鳥のように空を飛びたいと言い少年は両手をばたつかせた
雨が降り地固まり風が吹き綿毛飛び草花が咲き君笑う

「名」

向坂くじら

「鳩」
家系図を一覧するためには
空を使って書くほかはない

「雲」
子どものうちに吸っておかないと
うそのつけないおとなになるよ

「信号」
あさがお　ひらいてはつむる
こちらへ　まばたきほどのはやさで

「坂道」
手をひらいてはならない
達磨が欠けながら転がっていく

「アイスクリーム」
寡黙な舌のおかげで
まだ喉や胃に知られていない

「天使」
灼熱の手をにんげんに向け
よかれと肩をさすする　夜な夜な

「実」
最もかたくななものを
最もやわらかなものに隠している

「木」
足から水を呑めるようになった
約束はかわらず小指でする

まほうつかいは昼には帰る

志賀玲太

純白のまほうつかいはその杖で人の旅路を正しくなぞる

罰としてヨックモックに変えられた囚人たちがいるってほんと？

風呂場用洗剤つかみ足早にドラッグストアを出るわたし＝渦

お疲れのまほうつかいにできるのはみんなの瞳に星を撃つこと

愚行術　既知だからこそ美しいものと知ってて信じたかった

渾身のちからで大槌を振ってへこんだところが地球のえくぼ

霧のなか孤独は育つ床中の糸くずをかき集めるように

詠唱に必要なのはきもちだけ　まほうつかいは昼には帰る

神様は零時に眠る

鈴木晴香

飛行機の遠さを帰ってきたひとの目を見る閉じて運ばれた目を

坂道に立つときの足首がすきスニーカーのN傾いていて

爪にならⅲ触ってもいいルールってあるのだろうか、感じないから

夜なのに公園にこどもたちがいて滑ったり揺れたり消えそうに
帰りたくないときには神社に寄って神様に何も言うことがない
神様は零時に眠る　星星はそのあと神様の顔をした
美しい別れ際のはなしのあとで私たち改札口にいる
その頬にいつか触れると思うとき、左手、これはわたしの利き手

猿の惑星

高橋久美子

農協の倉庫脇でうちのみかんは誇らしげにBye と手を振って
脱ぎ捨てたジーパンをにょっこりにょっこり尺取り虫は山登りす
選挙ポスターだけ光ってる町で生まれました希望とか背負って

ケツメイシ炒ってハブ茶作る　夏の思い出手をつないで、ないです

「草刈りせえ!草刈りせえ!」と怒鳴る人も10年待ったら草になり

ニンニクまで食べ尽くす猿を撃って食べてやった昨夜の夢で

SDGsを説明するアナウンサーの二の腕の白さ

出没注意　猿蛇猪もぐらネズミ虫と虫と虫と父

みどくか

竹田ドッグイヤー

君今幽霊見たっていった？つぎは嵐ヶ丘～嵐ヶ丘～
何度でも裏切ることを受け入れてなおも残る友情のあかし
それから弱い自分を受け入れても居場所がないことは知ってた

宴のあとにきづくこと熱狂は恐ろしい病ということを

近づくブーツの足音に怯えずある家族の会話を聞きたい

斜陽と言われ貶されたって笑われたって消すなその灯火

君と僕とは実は同じ物質何だよこれが第三の嘘

物語の舞台になったこの大地に百年ぶりに降りたてた

《wings fall night》

tanaka azusa

「今夜は翅が降るでしょう」曇天に揺らぐ天使の病躯

助けてと言っても駆けつけてくれなくなってしまった君へ

人を殺してしまったと告げられて2DKの牢屋へ迎える

教会へ向かう足取りで駅近の精神科へと礼拝をする

母に抱かれるようにして吊り革を握らず人にもたれて眠る

ほんとうは神へ助けを乞うための切符であった花弁つめたい

けど多分、美しいものが強者だと言わんばかりに女を生きる

子に嘘を吐かねばならぬ彗星に香りがあって人は死なない

宝石商

千種創一

目をこらすと夜は植物園がある薊《あざみ》だらけで近づけないが
八重咲きの牡丹の花弁より多弁、　夜更けにあやまちの数枚を
百年の夢を見ようよ　銃口を向けるみたいにワインを注ぐ

タクシーを呼ぶね　二人で真夜中の底へ沈んでゆくための舟

求めない／求められない関係のなかで梨剥く、その透きとおり

残り五発、僕の眉間に撃ちこみな　胡桃の部屋はもう暗かった

あなたの首をやさしく絞めるときの手に／月光／爪の弱さをおもう

先に改札で待ってる。目印に大きな白い本を抱えて

とんでもないフェスティバル

千葉聡

倉庫2から出てきた優希の制服の埃まみれの秋がはじまる

文化祭委員があるから今日部活出られませんとコートに一礼

電動を借りるか手動でいくのかで悩んだ五組のかき氷屋さん

本当は会計係が偉いのだ！　あのトラブルも〇〇してくれて

「看板に短歌を書いてください」と言われ、ちばさと唸《うな》っております

整理券八百枚を作ってた五人が気づけば十人になる

自由などこの手でつくるしかなくて窓に正しく貼る「祭」の字

文化祭テーマ「蒼《あお》」なり正門のアーチよ空より蒼く蒼くなれ

秋はゆるキャラ

寺嶋由芙

ゆるキャラのイベント集中する季節　だってほら、その、涼しいからね

八百万のゆるさ集えば迫力があるようでないのんきさがいい

「久しぶり！」会話弾めど響くのは不思議なことに私の声だけ

「ひこにゃんだ！」「ひこにゃん来たよ！」キャラたちの声無きざわめき聴こえる瞬間

大切にされた分だけまっしろい涙腺にくるひこにゃんの白

でも私頑張った分擦り切れたあの子のあんよも大好きなのよ

お金持ちになったらみんなに雨合羽プレゼントするぞオーダーメイドで

この時期は人間としてできること意識しながらステージに立つ

真顔の月

toron*

私は化粧する女が好きです。そこには、虚構によって現実を乗り切ろうとするエネルギーが感じられます。そしてまた化粧はゲームでもあります。顔をまっ白に塗りつぶした女には「たかが人生じゃないの」というほどの余裕も感じられます／寺山修司『青女論』

くらやみで鴉を撫でてやるように睫毛のカーブを直すひととき

線を描き足され身体はゆっくりとわたしにとって遠景になる

ひんやりと手をぶら下げてきみは来る金木犀のような気配の

くちびるの下にわずかに足す影の本音を置くのならそこでいい

まぶたへとひかりで蓋をするのなら鳥の図鑑をひらいた色で

きみではなくきみの眼鏡を見つめれば奥の真顔の月に気がつく

あたらしいシャツをいちまい選び抜く降りない駅を増やした秋に

さびしさに喫水線があるとしてきょうから眉はやわらかに引く

噴水前　in伏見サイファー

野口あや子

栄のまんなか噴水の前　午後四時から終了時間はバイブス次第

主宰のハルさん。

ハルさんがアンプとマイク取り出して踊らせ始める声とからだを

リアルもフェイクもどうだっていい　ナイキ深く踏み込んで乗るビートの上に

ビギナーというのはやめた、噴水の水は後光のように放たれ
メンバーのつる兄、まいぷら、そして午前五時。
つる兄の二倍韻踏みそののちのハッピーイエローめいたドヤ顔
まいぷらがノるのは公序良俗をわずかに確かに逸れていくとき
母親の連絡すこし気にしつつ rhyme かろやかに午前五時あり
想い溢れてたまらないから8ビート跨がせてもうちょっと蹴らせて

秋の神話

服部真里子

神はすべて秋の鏡の前に立ちあかがね色に額《ぬか》光らすも

昼と桃、頬寄せあってねむる間をしずかにもひるがえる言葉は

空間は痙攣しつつ赤蜻蛉《あかとんぼ》うかべて神の声帯いずこ

夜の窓を夜は圧《お》しておりうるうると葡萄のように犇きながら

飛行機は永遠《とわ》に若くてどの夜も百合の蕾のように眠るよ

百日紅噴きこぼしつつ飛んでゆく昏睡をしたままで地球は

野葡萄、と呼べば応えて収縮す秋のちいさな瞳孔たちは

重力があなたの額《ぬか》にくちづける刹那わずかに空昏くなる

駒鳥は鳴く

東直子

廃ビルに鳩が戻っていく夕べたった一人の人間の息

オレンジの胸ふるわせてるるるるる駒鳥は鳴く来世でも鳴く

にぎりつぶせば痛そうなカラスのカひとつ飾って朝を進める

絆創膏を巻いた指のあいらしさ分かち合いつつ今も生きてる

唐芥子色のセーター罪人の脱皮のごとくゆれる古着屋

スーパーを走り回る子どもたち誰も止めない星月夜かな

水鳥は水の底まで　足跡がのこってしまう胸のぬかるみ

大家族から抜け出してきた女たち半透明の袋をひらく

Good bye, World!

ひつじのあゆみ

火を放て　ミーム化されたハリボテの喜怒哀楽が灰になるまで

Lonely T-Rex　荒野と化す日々を走り続ける宿命なのさ

サジェストに「死因」が見えて焦ったが普通に生きていた名俳優

AI に愛の定義を訊いてから毎晩届く詩を読んで寝る

睡眠のアルゴリズムがハックされ脱毛サロンの夢ばかり見る

x に置き換えられた故郷に代入できる感情がない

信じたいものだけ信じる民たちにディィープフェイクの神の微笑み

「さよなら」と入力すれば Google の検索窓から吹き込む夜風

■胎児2丁目（ドロシー）■

平川綾真智

。骸な脳髄ジェラードは溶けきる庭には2羽ニワトリがいる
クラスメートの合挽き水煙草（が潰す家路で）灯りたかった　■
。剥製wi-fiだけを紫煙にして指フライの授業は、もうすぐ　、

</>　　　　胃液にまみれる
　　　　、赤子鉄棒での未遂
■　　　　すもももももももものうち

溶けかけの教頭ソフトクリームが
■
、粘る廊下、は
。救済なのに

＜/＞

■

。チーズケーキが内臓売買し終えるビッグバン猫は寝転ぶ
動脈血へ挿すイヤホンマイクから嗅ぐヤマツツジの干し首が（、
。遺灰で作るビニール袋に入れた地球（まだ回る）泣きもせず

ディシプリン

広瀬大志

照明の強き瓦礫のディシプリン鞭打つ響き黒豹逃す

秋晴れのコキアの葉からバリバリバリと衣服を剥がし名指す白骨

因果律に赤ん坊モツれ出来事と科学の合間に人か鳥になる

探知機を地面に這わし剃刀に至る散歩と超弦理論

秋草やハシビロコウの夢の跡ハシビロコウの動かぬ秋草

クリムゾンよりTGのディシプリンよと規律をくれた君そののち狂う

秋口のお行儀悪い孤独感モーターヘッドの老人と海

街路樹に小犬を連れた御婦人のめくるめく、あのあれは、ディシプリン

なめらかさ

pha

曲がり角の向こうに蝉がいてそれが死んでいたという記憶がある

あのひともあのひとも疎遠になって　夜中に耳をなでまわす癖

向こう側にたどりついたらどうでもいい写真を撮って送るよ、道とか

少しだけ涼しい　それに　それだから　わかってないって言われるんだろう
有料の展望台から見えるものすべてを点と線に変えても
ワックスをつける　ワックスをとる　細かい砂にまみれていたい
一度溶けて凍った氷特有のなめらかさを覚えたまま生きる
どの歌も嫌いでどの歌も良くてバッグに入るだけ詰め込んだ

粉雪たち

文月悠光

家中でヘッドホンをし始めた君はヒマラヤでも行くのかな
ピュレグミの形を抱いて生き延びる粉雪たちを集めたいんだ
DIORの紙袋振るふたりにはどんな調べが聞こえただろう

くるくるとこの世あの世が繋がってミックスソフトは光を帯びた

あいつ三〇代で死ぬなんてなあ　ガチャポンを回すと昇る月

死ぬことも別れのひとつと教わって花咲蟹の産地へ進む

寝室は終わりだけれど始まりで生きた証としてする花火

「いいね、ここ」向かい合わせに腰かけた　彼らの物語はこれから

いつか灯台で暮らす

フラワーしげる

最低値を更新した日もそれを話す人はいないしな　ランチを安くすませる

イスラエルのプラグインの会社は waves という名前でそれは複数の波という意味でぼくも使ってる

もう自殺するしかないという朝　疲れきった未来のぼくが助けにくる

過労を訴える未来のぼくの頭髪は薄くいつのまにかいなくなる

生姜色の生姜はうすくあかるく　いつか灯台でくらす

本を何冊か持っていく　そのうちの一冊は詩集だ　冬の灯台

灯台の本棚には知らない名前の本ばかり　夜のあとの本の夜

糖衣の錠剤がビルをつぶし　副詞と方角が人を襲う　はじまりだ

地貌

堀田季何

persona non grata となりひと時は明石の蛸のごとくさぶしゑ

ぬばたまの黒麦酒詰め大壜は届けられたり爆心地《グラウンド・ゼロ》

白雨熱帯性低気圧ゲリラ豪雨線状降水帯よ

しら露のあはれも知らでをろしやはいのち零しつ秋のまひるま

腹筋の割れたるごとき雲浮かび言葉うかんで秋の川べり

昔むかし堀田何某恋をして住みにし京ぞ時雨にしぐれ

富める者さらに富む国じぱんぐの銅貨に小《ち》さく平等院は

親米と右翼と保守とずれはじめもとに戻らぬ国家の本気

そういえば佐々木

枡野浩一

※『毎日のように手紙は来るけれどあなた以外の人からである
枡野浩一全短歌集』（左右社）以降の日記タイトル短歌を八首

幸福な映画で泣いてしまうのは幸福だったことがあるから　（2023年12月4日）

宝くじ売り場の前に二度立った　そして買わない夏を選んだ　（2024年7月24日）

リフレインまたリフレインもうサビが来たから終わりそうな曲です　（2024年9月2日）

唯一の勝者以外はみんな負け！　そんなルールでＯＫだっけ？（2024年9月25日）

そういえば佐々木のことをおぼえてる？　僕は忘れたことがないけど（2024年10月17日）

お笑いの一部が好きだ　ジャンルごと全部好きってわけではなくて（2024年11月4日）

少年よ　道をおしえてあげられず　ごめん私も旅人なので（2024年11月9日）

めざめてはいつかの途上　くりかえし新幹線でいびきをかけば（2024年11月10日）

花畑を野焼き

宮内元子

スプーンで愛玉子が掬えない思ってた人生とだいぶん違う

かさぶたを何度も剥がしているうちに血が出なくなる瞬間がくる

威嚇する蟷螂すくい葉に乗せる君も私も越冬できぬ

花摘んだ指先だけに残る色誰の記憶にも残りたくない

なにか一つ習い事でもすればよかった瞬時に人を殴れるように

電話にて元気ならばいいのよと呟く母の本能が怖い

夕焼けで背中を焼きつつつく家路帰りたいけど帰る家無し

夜道にて金木犀を吸うて居る肺が光った私は最強

MoMAにて

宮田愛萌

おそらくは日本語知らぬべべマリィぎこちなく言うHi? Bonjour?

全員の視線を集める星月夜どんな気持ちで夜を待つのか

あかうねるキャンバスを見たJamesがなにを思うかそれを知りたい

胃の中に入りそびれたベーグルのことを思ってぎゅっとなる四時

受話器から流れる知らぬ人の声隣で友がうなずいていた

ぎゅむりぬ、というしかないように詰められて世界になったぬいぐるみたち

異国では届かぬ私の日本語がこの犬の母語になりますように

MoMAという名前が少し似てるって言われなければ気づかなかった

ゴーギャン・コンプレックス

村田活彦

まがりかどまがりまがってまたしてもみおぼえのある標識のまえ

木の種を煎って砕いて湯をかけた黒くて苦い汁をください

野生化し農作物を食い荒らす天使の駆除に呼ばれるマタギ

足が地につかない通夜の長い列　動かないきみだけが実存
目に映る枯葉やネジや鶏ガラを花にたとえて遊びつづけた
くそゴーギャン炎上ざまあ野垂れ死ねそんで才能だけ俺にくれ
ここじゃないどこかへなんかいけないがすべてのビルに屋上はある
白昼の市街地で追い詰められて歯をむきだした天使がうなる

呑んでないのに夢などいらぬ

夜馬裕

クマネズミ新宿今はドブネズミ　子らは彷徨い街だけ変わる

名も知らぬ交わす盃傷口に　浅さ軽さが何よりも効く

甲類を吐いては飲んで夜が昼　眠らぬかぎり明日は来ないと

旧友を見かけて伏せる瓶の陰　失くしたものを数えては酔う

出たくない　真夏の誘いに陽が沈む　潮と海風タリスカーから

飲み明かし　香りに誘われパン選ぶ　もう会えぬ人と肩を触れ合い

隣席の笑顔が映るマイボトル　棚へ還して外を見て飲む

ニンゲンの群れに産まれて食って死ぬ　呑んでないのに夢などいらぬ

夕焼けのどこかでわたしを待つ

和合亮一

晴れた日は楽しい夜がやって来る足音たてず息を殺して

俺を外したフォロワーが真夜中にペットボトルを飲み干して消える

一本杉二本杉三本杉つぎ四本杉だ死後の世界だ

答案の裏側の海を消しゴムでいくら消しても白カモメ白

ガムを噛む噛むとガムがガムを噛む噛むと噛むがガムをガムそして噛む

青空をVロートの奥へ閉じ込めてさしていくのだ泣いているのだ

詩がひらめいた朝は犬小屋の掃除しつつ家出した犬を待つしかあるまい

自販機のつめたい明かり夜明け前コカ・コーラから冬がはじまる

こんなに速く走れるなんて

ikoma

死神が鎌を担いで追ってくる令和の時代 LUUP に乗って
爆弾に変わると知っていて開く夜中の LINE に付ける既読
線は地球の直径突き抜けて道行くわんちゃんにも Say Hello

謝罪するコメンテーター　イートインではJKがラーメンすする

反時計回りに乗ったJR過ぎた時間を巻き戻すため

練馬にNITORIもIKEAも広すぎる訪れた意味すべて忘れて

バーガーを食べに来たとき店員の「Thank you《テンキュー》」の発音がかわいい

やまちゃんは根っから陽キャあざらしでこんなに速く走れるなんて

【執筆者一覧】

青松輝

一九九八年生まれ。歌集『4』。

伊波真人

歌人。群馬県高崎市生まれ。第五十九回角川短歌賞受賞。写真作品の制作、ポップスの作詞なども行う。著書に、歌集『ナイトフライト』などがある。音楽と映画と漫画と街歩きと川と柴犬が好き。

宇野なずき

インターネットを中心に活動している歌人。短歌研究社よりメジャーデビュー歌集『願ったり叶わなかったり』を刊行。その他、自分で作った歌集がたくさんある。自炊を全くしないため、フライパンを押入れの一番奥に収納している。

荻原裕幸

一九六二年、名古屋市生まれ。歌人。東桜歌会主宰。同人誌「短歌ホリック」発行人。一九八七年、短歌研究新人賞。二〇〇六年、名古屋市芸術奨励賞。二〇二〇年、中日短歌大賞。歌集『青年霊歌』『あるまじろん』『リリカル・アンドロイド』『永遠よりも少し短い日常』他。

カニエ・ナハ

詩人。詩集『用意された食卓』（私家版、のちに青土社）で第二十一回中原中也賞。その他の詩集に『思想』『メノト グリッド』『MU』等。装丁、美術、パフォーマンス、エッセイ・書評など〈詩〉を軸に幅広い活動を行っている。

金田冬一／おばけ

最近、歌集出しました。Amazonにあります。よろしくお願いします！

上篠翔

結社「玲瓏」に所属。「粘菌歌会」主催。第二回石井僚一短歌賞受賞。第三四回緑珠賞受賞。著書に『エモーショナルきりん大全』（二〇二一・書肆侃侃房）。

川奈まり子

作家。怪談師。『実話四谷怪談』（全国学校図書館協議会選定図書／講談社）、『怪談屋怪談』（笠間書院）、『東京をんな語り』（KADOKAWA）など怪談の著書多数。最新作は『禍いの因果　現代奇譚集』（竹書房）。日本推理作家協会会員。怪異怪談研究会会員。

狐火

福島県出身のラッパー。日本トップクラスのアルバムリリース数（二〇二四年十一月時点で二十七枚）。映画主演から落語と様々なものに挑戦しながら昼間は会社員として働いております。

木下龍也

一九八八年生まれ。著書多数。近刊は『すごい短歌部』（講談社）。しいたけと生魚が苦手。

小坂井大輔

一九八〇年、愛知県名古屋市生まれ。ギャンブラー。短歌ホリック同人。二〇一六年「スナック棺」にて第59回短歌研究新人賞候補作。第一歌集『平和園に帰ろうよ』（書肆侃侃房）。短歌の聖地と呼ばれている中華料理「平和園」で働きながら執筆活動をしています。

X:@kozakaipunks

GOMESS

一九九四年九月四日生まれ、静岡県出身。〝自閉症と共に生きるラッパー〟として注目を集め、多種多様な表現を繰り返し、唯一無二の存在として〝生きる言葉〟を吐き続けている。

向坂くじら

詩人。一九九四年名古屋生まれ。「国語教室ことぱ舎」(埼玉県桶川市)代表。Gt.クマガイユウヤとのユニット「Anti-Trench」朗読担当。著書に詩集『とても小さな理解のための』(百万年書房)エッセイ集『夫婦間における愛の適温』『犬ではないと言われた犬』(百万年書房)、小説『いなくなくならなくならないで』(河出書房新社)ほか共著など。

志賀玲太

一九九六年、東京都生まれ。東京藝術大学美術学部を卒業。二〇一七年に東大発の知識集団「QuizKnock」にライターとして加入し、現在は主に同YouTubeチャンネルのディレクターとして活動している。タコスをサンドウィッチの上位互換であると信じている。

鈴木晴香

一九八二年東京都生まれ。歌人。歌集『夜にあやまってくれ』(書肆侃侃房)、『心がめあて』(左右社)、『荻窪メリーゴーランド』(木下龍也との共著、太田出版)。塔短歌会編集委員。現代歌人集会理事。

高橋久美子

作家、作詞家。一九八二年、愛媛県生まれ。東京と愛媛を往来しながら、作家とお百姓の二足の草鞋をはく。近著に、エッセイ集『わたしの農継ぎ』、詩画集『今夜凶暴だからわたし』(共にミシマ社)、小説集『ぐるり』(筑摩書房)、エッセイ集『旅を栖とす』(KADOKAWA)など。一月に『いい音がする文章』(ダイヤモンド社)を刊行予定。アーティストへの歌詞提供も多数。

竹田ドッグイヤー

書店主。選書人。編集人。ラジオパーソナリティ。たまに物書き。

tanaka azusa

二十歳でアートチームに所属し、専門学校卒業後フリーランスで活動を開始。自身の活動を「植物化計画」と題し、植物や蝶をアートに落とし込む計画を行う。舞台作品チラシアートワーク、小説装画、壁画ペイント、CDジャケットのイラスト等の製作、二〇二二年より意欲的に短歌を始め、マルチな才能を発揮している。

千種創一

二〇一五年、歌集「砂丘律」。二〇一六年、日本歌人クラブ新人賞、日本一行詩大賞新人賞。二〇二〇年、歌集『千夜曳獏』、二〇二二年、現代詩「ユリイカの新人」賞。二〇二三年、詩集『イギ』。二〇二四年、アートプロジェクト「アートサイト名古屋城2024」参加。

千葉聡

一九六八年生まれ。第四一回短歌研究新人賞受賞。著書に『微熱体』『短歌は最強アイテム』『90秒の別世界』『スペース短歌』など。

寺嶋由芙

二〇一三年よりソロアイドルとして活動。キャッチフレーズは「古き良き時代から来ました。まじめなアイドル、まじめにアイドル。」。ライブ活動の傍ら、ゆるキャラ好きアイドル「ゆるドル」を自称し、「ゆるキャラグランプリ」をはじめ、各地のゆるキャラクターイベントに「ゆるキャラ通訳」としてMC出演中。

toron*

大阪府豊中市生まれ。うたの日育ち。塔短歌会、短歌ユニットたんたん拍子、Orion所属。第十四回塔新人賞。第一歌集『イマジナシオン』(書肆侃侃房)。

野口あや子

二〇一〇年、第一歌集『くびすじの欠片』にて現代歌人協会賞を最年少受賞。ほか歌集『夏にふれる』『かなしき玩具譚』『眠れる海』。連載エッセイ「身にあまるものたちへ」（岐阜新聞）「歌人、仮面舞踏会へゆく」（中日新聞）「天才歌人、ラップ沼で溺れ死ぬ」（読書百景）。

服部真里子

一九八七年横浜生まれ。早稲田短歌会、同人誌「町」、未来短歌会を経て、現在は無所属。第二十四回歌壇賞。第一歌集『行け広野へと』（二〇一四年、本阿弥書店）にて、第二十一回日本歌人クラブ新人賞、第五十九回現代歌人協会賞。第二歌集『遠くの敵や硝子を』（二〇一八年、書肆侃侃房）。NHK文化センター青山教室にて、短歌講座「こんにちは短歌」「おはよう短歌」の講師を務める。

東直子

歌人、作家。第七回歌壇賞、小説『いとの森の家』で第三一回坪田譲治文学賞受賞。歌集に『春原さんのリコーダー』『青卵』、小説に『とりつくしま』『ひとっこひとり』、エッセイ集に『魚を抱いて　私の中の映画とドラマ』、歌書に『現代短歌版百人一首　花々は色あせるのね』など。最新刊は短編集『フランネルの紐』。

ひつじのあゆみ

京都府在住。二〇一四年頃から短歌を始める。上篠翔が主宰の「粘菌歌会」や大喜利がメインのYouTubeチャンネル「ハックバーン」のメンバーとして活動中。大喜る人たちトーナメント二〇二三、二〇二四決勝進出。趣味はお菓子作り。

平川綾真智

一九七九年生まれ。poetry interface、『歴程』等に所属。詩誌での活動と並行し、二〇〇〇年以降のweb上の詩の潮流をリード。「シュルレアリスムと音楽」の数少ない研究者の一人。詩集に『h-moll』（二〇二一／思潮社）など。個展に、NFT現代詩展『転調するために』（二〇二三／メタバース美術館）。

広瀬大志

埼玉在住。ミステリーやモダンホラー的な手法を用いて詩作を続ける。詩集に『現代詩文庫広瀬大志詩集』『魔笛』『毒猫』など。今年豊崎由美氏との対談集『カッコよくなきゃ、ポエムじゃない』を刊行。詩誌『みなみのかぜ』『聲℃』『HOTEL』同人。

pha

一九七八年大阪府生まれ。著書として『パーティーが終わって、中年が始まる』（幻冬舎）、『おやすみ短歌』（枡野浩一・佐藤文香との共著）（実生社）など多数。文筆活動を行いながら、東京・高円寺の書店、蟹ブックスでスタッフとして勤務している。短歌と日記が好き。X:@pha

文月悠光

詩人。一九九一年生まれ。第一詩集『適切な世界の適切ならざる私』で中原中也賞、丸山豊記念現代詩賞を最年少で受賞。第四詩集『パラレルワールドのようなもの』で富田砕花賞。エッセイ集『臆病な詩人、街へ出る。』等。二〇二五年二月、新詩集『大人をお休みする日』を刊行予定。

フラワーしげる

歌人、バンドマン。

堀田季何

歌誌「短歌」同人、俳誌「楽園」主宰。芸術選奨文部科学大臣新人賞、日本歌人クラブ東京ブロック優良歌集賞、高志の国詩歌賞、現代俳句協会賞など。詩歌集『惑亂』、『亞刺比亞』、『星貌』、『人類の午後』、詩歌ガイドブック『俳句ミーツ短歌』。多言語多形式で創作、翻訳、批評。

枡野浩一

一九六八年東京うまれ。一九九七年、短歌絵本二冊を発売し歌人デビュー。二〇二三年刊『毎日のように手紙は来るけれどあなた以外の人からである　枡野浩一全短歌集』（左右社）のヒット（九刷）を機に、十年ぶりにお笑い芸人活動を再開。二〇二四年五月よりタイタン所属。

宮内元子

知の果てのまだその先に行きたくて植物園に住んでいる植物園屋さん。水戸市植物公園にて生息中。元渋谷区ふれあい植物センター園長。X：心の中の植物園 宮内元子@fureai_miya

宮田愛萌

一九九八年四月二八日生まれ、東京都出身。二〇二三年アイドル卒業時にデビュー作『きらきらし』を上梓。現在は文筆家として小説、エッセイ、短歌などジャンルを問わず活躍。本に関連するTV／トークイベント／対談なども出演。

村田活彦

詩人。やしの実ブックス主宰。出版社勤務を経て、ポエトリーリーディング活動を始める。CD『詩人の誕生』発売中。西荻窪・今野書店にて隔月開催の「詩をめぐる対話カフェ」案内人やってます。渋谷のラジオ「MIDNIIGT POETS 〜誰も整理してこなかったポエトリー史〜」出演。アーカイブはSpotifyでどうぞ。あられ工場さんとの夫婦コラボ詩集『わたしたち 新装版』発売中。
https://yashinomi.base.shop
X:@katsuhikomurata

夜馬裕

怪談師／作家／漫画原作者。猫、生き物、映画、料理、酒場巡りが好き。怪談最恐戦2020優勝。漫画『厭談夜話』（小学館）連載中。著作『厭談』シリーズ、『自宅怪談』『代々木怪談』、DVD『怪奇蒐集者』『圓山町怪談倶楽部』他多数。（…短歌は初挑戦です）

和合亮一

中原中也賞、萩原朔太郎賞など受賞。フランスから詩集賞を日本人初で受賞。新しい翻訳詩集が本年度の米文学翻訳賞の最終候補にノミネートされ話題となる。新詩集「ＬＩＦＥ」（青土社）と、四百頁を超える新エッセイ集「エッセイ三昧」（田畑書店）を二冊、刊行したばかり。

ikoma

イベントレーベル「胎動LABEL」主宰／FM87.6Mhz 渋谷のラジオ「渋谷のポエトリーラジオ」パーソナリティー。

あとがき

この度は、胎動短歌会presents「胎動短歌Collective vol.5」をお手にとっていただき、誠にありがとうございます。

改めまして、私たち胎動LABELは、「ジャンルを越える」をテーマに活動するイベントレーベルです。２０１７年に創刊号を発刊し、その後、２０２２年には新型コロナウイルス蔓延により現場でのイベントができない代わりにvol.2を刊行しました。２０２３年にはvol.3、vol.4を、２０２４年にはチャリティー百人一首を刊行。そして今号でvol.5をお届けする運びとなりました。

今回も、歌人の方々に加え、詩人、俳人、ミュージシャン、ラッパー、画家、アイドル、書店員、ラジオパーソナリティー、怪談師、さらには植物園の中の人（！）まで、全39組が参加しています。ジャンルを超えた「誌面上の短歌フェス」として、各参加者の方々から短歌連作8首をご寄稿いただきました。

短歌を軸にしながら、各分野の個性が混ざり合い、「誌面上の短歌フェス」として一冊の本にまとめられる。この多様性こそが胎動短歌の面白さだと思います。

刊行を重ねるたびに、多くの方が多忙な中、作品を寄せてくださることに心から感謝しております。そして毎号楽しみにしてくださる読者の皆さまの支えがあってこそ胎動短歌は前に進むことができます。

それにしても、「胎動短歌」とは一体何なのでしょう。

もしも胎動短歌が1つの船だとするならば、私たちの普段の活動を通じて出会った方々に、「こういうことをやりたいんですけど〜！」と声をかけ、次々と乗船していただいているような感覚です。同じ船に乗るなら、同じ分野のメンバーだけでなく、さまざまな分野の方が集まる方がきっと面白い。参加する人たちの幅が広ければ広いほど、未知の楽しさが広がるのだと思います。

作品についても、特に制約を設けず、各々の赴くままに書いていただきました。普段と異なるテーマに挑戦された方や、初めて短歌を書く方もいらっしゃり、四苦八苦しつつも自由に楽しんでいただけたのではないかと思います。この不思議な船にご乗船いただき、本当にありがとうございます。

さて、この船の行き先はどこなのでしょうか。

正直なところ、どこに向かうか行き先を深く考えることはありませんが、胎動短歌はこれからも、ジャンルの垣根を越えた試みを大切にしながら、多様なクリエイターと読者をつなぐ場を作っていきたいと考えています。この船がどこまで進めるのか、一緒に楽しんでいただけたら嬉しいです。

話を「胎動短歌 Collective vol.5」に戻します。今号も素晴らしい作品が揃いました。この本を末永く楽しんでいただければ、とても嬉しく思います。また、感想やご意見がありましたら、ぜひ SNS で ＃胎動短歌 をつけてお寄せください。皆さまの声が大きな励みになります。

最後になりましたが、今回の刊行にご協力いただいたすべての参加者の皆さま、そして読者の皆さまに心より感謝申し上げます。

２０２４年11月23日
ikoma（胎動 LABEL）

「胎動短歌 Collective vol.5」

発行日　２０２４年12月1日　初版1刷

発行元　胎動短歌会

ikoma（胎動 LABEL）
https://taidoutanka.official.ec/
Mail：ikm1006@yahoo.co.jp
Twitter：@ikoma_TAIDOU

ISBN

販売元　双子のライオン堂
107-0052　東京都港区赤坂6-5-21-101

装丁・組版　竹田ドッグイヤー

印刷所　栄光